Luigi Pirandello

Ignorantes: Ignorantes - Bonheur - Safranette

© 2023 Culturea Editions

Texte et illustration de couverture : © domaine public
Edition : Culturea (Hérault, 34)
Contact : infos@culturea.fr
Retrouvez notre catalogue sur http://culturea.fr
Imprimé en Allemagne par Books on Demand
Design typographique : Derek Murphy
Layout : Reedsy (https://reedsy.com/)

Dépôt légal : janvier 2023
Tous droits réservés pour tous pays

ISBN : 9791041910373

Table des matières

IGNORANTES

Elles étaient toutes les quatre immobiles dans les petits lits blancs du dortoir ; elles étaient l'une à côté de l'autre avec de pâles visages presque enfantins encadrés par de petites coiffes qui cachaient les oreilles et toute la tête aux cheveux taillés ras, masculinement ; des coiffes simples sans une dentelle, sans un ruban, nouées sous le menton par une cordelette.

Seulement leurs yeux s'agitaient de temps à autre ; ils s'ouvraient pleins de stupéfaction ; ils hésitaient un instant à la lumière, tout languissants ; ils se refermaient ensuite avec une lente fatigue, mais sans souffrance.

Deux d'entre elles, sœur Léonora et sœur Agnèse, les avaient noirs ; la troisième, sœur Ginévra, bleus comme le ciel, et l'autre, sœur Erminia, verdâtres ; et son visage était parsemé de taches de rousseur, et ses sourcils étaient roux.

Ce mouvement des yeux, unique signe de vie en elles, les faisait paraître comme hébétées.

Depuis combien de temps étaient-elles là ? Qu'adviendrait-il d'elles ? Elles ignoraient si, étendues sur ces petits lits, elles étaient dans l'attente de la guérison ou de la mort...

Elles étaient toutes les quatre blessées et bandées. Mais quelle gravité avaient leurs blessures, elles ne le savaient pas. Demeurant immobiles, elles ne les sentaient pas ; et il semblait à chacune qu'elle était bien ; et chacune pouvait croire qu'elle n'était pas en danger de mort.

Mais du reste qui le savait ?

Elles n'avaient plus la vraie conscience d'elles-mêmes.

Où étaient-elles en vérité ? Dans un hôpital, ou dans l'infirmerie d'une congrégation religieuse ?

Et comment, quand et par qui avaient-elles été apportées là ? Il existait dans leur vie un grand trou ténébreux, plein de clameurs : un véritable enfer où une horde de démons avaient supplicié et outragé leurs chairs immaculées ! De cet enfer qui s'était ouvert devant elles à l'improviste, les engloutissant, les emportant dans un tourbillon, elles avaient été extraites, elles ne savaient ni quand, ni par qui...

Elles avaient la vague impression d'avoir navigué long-temps ; elles avaient encore parfois dans les narines la senteur du goudron et cette odeur de moisissure et de vernis saumâtre, nauséeux, qui couve dans l'intérieur des navires ; elles avaient aussi de temps à autre dans les oreilles les craquements d'une énorme coque flottante et les chocs puissants et sonores des vagues de la mer ; elles avaient la vision confuse d'un port plein d'activité, de grandes futaies qui s'agitaient sous de gros nuages embrasés et immobiles sur l'âpre azur des eaux ; elles avaient encore le souvenir d'étranges aspects, d'étranges voix, d'étranges bruits de grues et de chaînes ; le souvenir de bras charitables qui avaient soulevé et accommodé sur des civières leur corps douloureux...

Et voilà, maintenant elles étaient là ; et dans la douce lumière, dans la blancheur et le silence du dortoir qui leur donnaient parmi la blancheur suave des lingeries claires, un confort d'une mystérieuse suavité, un sentiment de béatitude infinie, elles se demandaient si cet enfer n'avait pas été un cauchemar horrible et aussi cette longue navigation et ce port et ces aspects étranges ?...

Mais ces blessures et tous ces pansements, et leur séjour dans ce lieu, immobiles et dans l'attente elles ne savaient pas bien si c'était de la guérison ou de la mort ?

Et puis... et puis leurs soupirs !... Qu'étaient-ils donc leurs soupirs ? Ah ! bien étranges, eux aussi. Elles les tiraient péniblement d'un corps qui ne leur paraissait plus le même que celui d'auparavant. Autre chose attirait encore leur attention – et elles en étaient affligées, consternées, – c'est que ces soupirs s'élançaient, se dirigeaient vers une chose qui n'était plus en leur personne, et dont elles ne savaient dire ce qu'elle était ! C'était peut-être leur âme, leur pureté incontaminée, demeurée haute et droite là, au bord de l'abîme où leur corps seulement avait été précipité, proie inconsciente des désirs horribles d'une tourbe féroce, ennemie de cette foi qu'elles avaient été répandre dans l'île étrangère et lointaine.

Un soir, à l'improviste, l'asile de paix avait été pris d'assaut, envahi et profané par une horde sauvage, et, sous leurs yeux s'était accompli le massacre des catéchumènes, et celles qui avaient essayé de s'opposer à cet attentat avaient souffert, au milieu de cette boucherie, une iniquité plus atroce que la mort !

Et plus que les blessures ouvertes par l'acier dans leurs chairs, elles sentaient encore confusément l'horreur d'une autre blessure dont plus que leur corps, leur âme avait saigné !...

*
* *

La dernière à quitter le lit, car sa poitrine et un de ses bras étaient encore bandés, fut la sœur Erminia, celle dont les yeux étaient verdâtres et les cils roux.

Les trois autres croyaient qu'elles étaient retenues à l'infirmerie pour attendre la guérison de leur compagne afin de partir toutes les quatre ensemble.

Il n'en fut pas ainsi.

Et lorsque sœur Erminia fut guérie, la mère supérieure de la communauté vint à l'infirmerie annoncer que cette sœur seulement partirait le soir même.

Et tandis que, les yeux baissés, toutes les quatre écoutaient cet ordre, sœur Erminia se demandait dans son cœur pourquoi elle seule partirait ; et chacune des trois autres se demanda également pourquoi leur sort pouvait être différent de celui de leur compagne qui avait été entraînée comme elles dans le désastre des mêmes événements ?

Et l'incertitude des trois qui restaient devint de l'angoisse !

Qu'avaient-elles donc pour être mises à part du destin vers lequel elles auraient dû marcher avec cette compagne qui avait tardé plus qu'elles à guérir ?

Jusqu'à ce jour, elles avaient cru le cas de cette compagne plus grave que le leur. Mais si maintenant elles demeuraient et que cette compagne partait ?... Malgré la poitrine et un bras encore bandés, elle partait. Mais voilà, sœur Erminia ne pouvait pas guérir peut-être ? Qui sait si elle n'avait pas besoin de quelque remède qu'on ne pouvait pas lui administrer ici ? Mais alors pourquoi la laisser partir seule ? Et pourquoi restaient-elles toutes trois puisqu'elles étaient tout à fait guéries ? Peut-être ne l'étaient-elles pas ? Mais leurs blessures étaient pourtant cicatrisées. Que devaient-elles attendre encore ? Vers quel endroit les dirigerait-on ?

Elles le surent le lendemain à l'aube, quand, en compagnie d'une sœur âgée et d'une vieille converse, on les fit monter dans une jardinière branlante où des rideaux de jute volaient au vent. Elles portaient d'amples cornettes oscillantes, et toutes trois étaient vêtues d'habits neufs, mais trop larges pour leurs corps qui de tout temps avaient été minces et qui maintenant étaient amaigris par leurs longues souffrances. Seulement dans leur sein mortifié pendant des années sous le *modestina*[1] un certain remue-ménage attirait leur attention et les troublait ; c'était comme une induration spasmodique, comme un étrange engorgement interne ! Avant de partir, elles avaient vu leurs vieux habits, ceux qu'elles portaient lorsqu'elles étaient arrivées blessées et mourantes ; habits déteints, lacérés, tachés de sang ; et ils avaient suscité en elles cet effroi, ce frisson que pourraient nous causer des objets ayant appartenu à une personne morte d'une mort tragique ! Et elles avaient été d'autant plus atterrées en revoyant là, devant leurs yeux, ces vestiges d'une boucherie qu'on aurait pu croire sans chance de salut, que, revenues à la vie, un souvenir précis n'en existait plus en elles.

---

[1] La guimpe.

Lorsqu'on eut dépassé les dernières maisons de la ville, la voiture se mit à courir sur une route bordée des deux côtés d'épais bocages d'orangers et de citronniers.

On était en Octobre, mais il semblait qu'on fût encore en plein été, bien que de temps en temps, au milieu de cette tiédeur lourde de parfums enivrants, arrivait de la mer, qui s'entrevoyait très proche au-delà de cet enchevêtrement de troncs et de tiges, arrivait, dis-je, quelque frisson de fraîcheur automnale. Mais les trois convalescentes ne purent pas jouir longtemps du délice de cette heure et de ces lieux. Les secousses de la vieille guimbarde commençaient à leur occasionner, – spécialement à la sœur aux yeux bleus, la plus fragile des trois – de terribles souffrances à cause de leur extrême faiblesse. Elles sentaient leur monter à la tête de grosses bouffées de chaleur suivies de sueurs glacées, et il leur était impossible de tenir leurs yeux ouverts, ni d'éloigner leur mouchoir de leurs lèvres. Au milieu des vertiges, de subites et fortes nausées les assaillaient. Tellement qu'à la fin sœur Agnèse ne put plus les supporter, et demanda en grâce si la voiture ne pouvait pas marcher plus doucement.

La voiture fut mise presque au pas.

Habituées toutes trois, depuis tant d'années à ne se point soigner, à ne presque plus sentir leur corps, à en maîtriser tous les besoins, à vaincre sa fatigue d'un esprit plein de ferveur et d'alacrité, elles ressentaient maintenant un découragement, un abattement mêlé de colère et d'une angoisse presque folle, en éprouvant ces souffrances corporelles qui rendaient leur esprit faible comme il ne l'avait jamais été.

Cette souffrance fut un peu allégée par le ralentissement de la marche de la voiture, mais elle ne disparut pas. Sœur

Ginévra qui souffrait plus que les autres demanda à un certain moment si elle ne pourrait point, puisqu'on allait ainsi au pas, essayer de suivre à pied ; elle le fit, mais elle dut peu après remonter dans la voiture : ses jambes ne résistaient pas à la fatigue causée par ce chemin en escalade.

La sœur ancienne qui les accompagnait leur annonça pour les encourager qu'on arriverait bientôt.

Et, en effet, peu après la voiture s'arrêta devant le portail d'une grande, vieille et rustique maison solitaire, sise sur la cime d'un petit coteau, et dont un mur entourait le jardin.

La converse sonna la cloche et, se dressant sur la pointe des pieds pour regarder au dessus de la plaque de métal qui couvrait la partie inférieure du portail, elle appela très fort :

— Rosaria ! Rosaria !

Cette Rosaria était la femme du paysan qui gardait la villa des sœurs où, tous les étés, les orphelins venaient en vacances, et qui prenait soin du verger, du jardin et de la vigne y annexés.

Au lieu de Rosaria, ce fut un gros chien de garde qui répondit par de furibonds aboiements.

— Voilà Bobbo ! dit la sœur ancienne souriant à la converse.

— Bobbo ! Bobbo ! Nous sommes de la maison, ajouta la converse et elle sonna de nouveau.

À la fin, la gardienne accourut, les manches retroussées, les cheveux en désordre, sa grosse face dorée par le soleil, toute en sueur, deux grands cercles d'or aux oreilles, un mouchoir rouge sur la poitrine et le ventre gonflé qui, sous la jupe de boruacan relevée, laissait voir les chevilles dans leurs gros bas de coton bleuâtres tout terreux.

— Oh ! ma sœur Sidonia, sœur Sidonia ! commença-t-elle à crier avec de grands gestes d'émerveillement et de joie, comment allez-vous avec toute cette compagnie ? Eh ! qui s'attendait à vous voir ? Et vous aussi Donna Mita ? Et comment cela va-t-il ? j'étais à laver !... Et vous me voyez ? – ajouta-t-elle en montrant son ventre inexorable –. – Quel châtiment de Dieu après neuf années, chère sœur Sidonia ! Mais laissons Dieu faire ce qu'il veut ! Et celles-ci ? Ce sont trois nouvelles sœurs ?

Les trois convalescentes s'étaient un peu éloignées, et devant la villa, elles regardaient avec étonnement les vieilles fenêtres de la façade, l'antique citerne patriarcale au commencement du long *pergolato²,* en face du petit portail vert de la maison. Lorsqu'elles s'entendirent indiquées par la gardienne, elles se retournèrent et virent la sœur ancienne et la converse lui parler mystérieusement ; et la gardienne se prendre la tête dans les mains avec un geste d'horreur, et puis se tourner en écartant un peu les mains et regarder de leur côté, la bouche ouverte et les yeux pleins d'épouvante.

— Et elles le savent ? Elles le savent ?

Les trois convalescentes se regardèrent dans les yeux, angoissées : un mal, un mal épouvantable permanait donc en elles ; un mal qu'elles ignoraient encore et à cause duquel, elles avaient été conduites là, écartées de tout dans cette villa solitaire ?...

---

² Berceau, ramade.

Sœur Léonora eut tout à coup dans les yeux une vibration de folie, se couvrit le visage avec ses mains et laissa échapper un gémissement sourd, tandis que ses épaules et ses bras étaient secoués par un tremblement spasmodique.

— Qu'y a-t-il ? demanda la sœur aux yeux bleus enfantins à sa compagne qui avait porté l'une de ses mains à ses lèvres et qui, les yeux exorbités, restait comme suspendue à un doute.

Sœur Sidonia et la converse s'approchèrent et la gardienne les rejoignit avec les clefs de la villa.

En montant l'escalier où l'air de la campagne stagnait, mêlé à l'odeur fétide et lourde de la cour voisine et à l'humidité qui s'exhalait du bassin tout proche, sœur Léonora saisit un des bras de la sœur ancienne et lui demanda tout bas pour elle et ses compagnes si ce qui lui avait traversé l'esprit comme un éclair, au geste désespéré de la gardienne, était vrai ?

Celle-ci ferma les yeux et à plusieurs reprises, avec une triste solennité, baissa la tête.

Un cri, un éclat de déchirants sanglots répondit alors à ce signe affirmatif et muet ; et sœur Léonora s'affala sur une des marches de l'escalier comme si, tuée par la certitude de son malheur, elle ne voyait plus la raison de monter plus haut, et voulait attendre son destin, là, sur ces marches ; attendre désespérément de nouvelles violences qui l'empêcheraient de stagner pendant de longs mois au milieu des pièces vides et sonores de cette vieille maison pour arriver à l'accomplissement de son affreux martyre.

Toutes s'arrêtèrent sur cet escalier ; sœur Agnèse debout adossée au mur, les yeux clos d'où coulaient de grosses larmes silencieuses, les bras abandonnés ; sœur Sidonia, la converse et la gardienne inclinées sur sœur Léonora pour l'encourager, l'exhorter. Ne sachant rien encore et en proie à une convulsion croissante de tous les membres, restait la petite sœur aux yeux bleus dont la pâleur et la gracilité faisaient penser à la cire et à l'hostie, et sur laquelle ce rude habit bleu de religieuse semblait d'un tel poids qu'il aurait dû la faire plier, si ne l'avaient soutenue les deux ailes blanches de la cornette avec leur légère palpitation. Elle regardait d'un effroi croissant les larmes muettes de sa compagne adossée au mur ; elle entendait les sanglots de celle qui s'était accroupie sur l'escalier ; elle écoutait les encouragements et les exhortations des trois autres ; elle n'en comprenait pas encore la raison, et la demandait avec ses regards anxieux et ses mains nerveuses.

Cette villa, dans la solitude et le calme anxieux de la nature qui l'entourait, avait quelque chose de lugubre avec tous ces rayons de soleil qui s'allongeaient de travers et symétriquement dans les corridors, rayons où flottait une poussière d'atomes.

De temps à autre, le chant d'un coq semblait vouloir rompre la maléfique sérénité de ce calme mystérieux, et un autre coq de quelque *aja*[3] lointaine semblait exprimer qu'une mystérieuse douleur les accablait là aussi, là aussi, et plus loin encore !...

____

[3] Domaine.

Jusqu'où ?

Les trois sœurs s'approchant des fenêtres se perdaient pleines d'angoisse dans cette mystérieuse douleur lointaine ; elles n'étaient plus ignorantes maintenant de leur malheur, mais pleines de doute, et comme tremblantes sous un cauchemar. Leur âme ne savait où se reposer, vers qui se tourner pour trouver du courage ? Comment cacher même à leurs propres yeux la honte de ce martyre qui cruellement les menait vers tout ce qu'elles avaient voulu fuir en revêtant le saint habit !

Il existait pour deux d'entre elles, dans ce lointain, mais plus loin, beaucoup plus loin, là où le regard se perdait, et où l'esprit n'osait arriver, là haut, là haut en Toscane, et plus haut encore en Lombardie, il y avait une maison qu'elles avaient abandonnée depuis de nombreuses années !

Frapper à cette porte pour trouver du courage, sœur Léonora et sœur Agnèse ne pouvaient, ne devaient le faire. Ni le vieux père, ni le frère de l'une, ni sa belle-sœur ne devaient savoir ; et encore moins, encore moins, Ô Dieu ! le frère de la belle-sœur ; ni la vieille mère, ni la sœur de l'autre dans ce bourg tranquille sur le Pô près de Mantoue ! Bienheureuse sœur Ginévra qui n'avait pas même l'idée d'une maison, ni d'une famille ! Ce qu'elle savait seulement, c'est qu'elle était née à Sorrento ; de qui ? Elle l'ignorait ; elle avait été élevée par les sœurs dans un hospice, et s'était faite sœur un jour : elle était donc tout entière dans l'habit qu'elle portait ; et le malheur présent ne mordait pas jusqu'au sang ses chairs outragées, avec les souvenirs d'une vie étrangère, d'affections étrangères, dont les deux autres étaient déchirées si affreusement !

Sœur Léonora avait aimé ; l'habit qu'elle avait revêtu re-présentait pour elle un sacrifice ; la violence qu'elle avait dû se faire à elle-même, noblement, pour conserver intacte, contre les pièges de la vie, sa pureté, avait été rendue vaine par la violence d'autrui, brutale et sauvage ; et Dieu avait permis que cet habit, symbole du sacrifice, lui pesât mainte-nant comme une dérision ! Et Dieu avait permis qu'en un corps qui lui avait été offert, grâce à une violence sacrilège, un fruit infâme eût été reçu, et qu'il mûrît, et que sous cet habit crût, chaque jour, la honte, l'effroi, l'horreur d'une atroce maternité !

Comment Dieu pouvait-il permettre cela ?

Pour châtier l'orgueil du sacrifice, pensait l'autre, sœur Agnèse, qui continuait à dissoudre dans des larmes sans fin l'angoisse qui l'oppressait. Et tant que la chasteté de l'habit ne fut pas offensée par la déformation progressive de leur corps, elles demeurèrent ensemble, toutes trois, pour se sen-tir moins solitaires au milieu de leur peine, dans cette grande et rustique habitation aux longs couloirs sonores où par tant de fenêtres alignées entraient l'air salé et les rumeurs de la mer, les parfums épars de la campagne, le bourdonnement des insectes et le bruissement des arbres...

Elles descendaient ensemble prier dans la petite chapelle ornée de fleurs des champs, où l'éternelle fraîcheur de la pé-nombre était délicieusement imprégnée de l'odeur de la cire et de l'encens. Mais ces prières étaient souvent interrompues par les sanglots presque furieux de sœur Léonora qui s'enfuyait. Alors les deux autres la suivaient et s'efforçaient de la calmer dans l'ombre du long berceau, devant la villa, ou dans les sentes du verger où tant d'oiseaux se réunis-saient l'après-midi pour se livrer à la joie.

Sœur Ginévra avait trouvé là un petit coin où une odeur amère de prunelles et un fort et puissant parfum de menthe lui avaient rappelé d'une façon vivace le souvenir de l'hospice de Sorrento où s'était écoulée son enfance ; et elle allait souvent dans cet endroit, pour y couver ce souvenir, heureuse de sentir auprès d'elle sa douce innocence lointaine. Elle était encore comme abasourdie par son malheur, inconsciente de tout ; elle n'en comprenait pas l'horreur comme les deux autres, et elle épiait leurs yeux, presque absorbée dans une attente inexpliquée et craintive, souffrant des sombres et furieuses angoisses de l'une, et des cuisantes larmes de l'autre.

Rosaria, la gardienne, les rejoignait parfois, et sans se rendre compte de l'inconvenance choquante de ses propos, elle leur parlait comme à des compagnes de malheur, qu'aucune réserve ne devait désormais empêcher de regarder son ventre démesuré, et d'entendre certaines réflexions ayant trait à leur état commun. Elle se lamentait d'avoir donné à d'autres paysannes, plus pauvres qu'elle, les petites chemises, les langes, les bonnets, les bavoirs de sa layette parce qu'elle ne se serait jamais attendue à en avoir besoin ; et maintenant elle n'avait pas le temps d'en préparer une neuve. Elle avait acheté la toile : Oh ! de la toile bien grossière pour les chairs tendres du poupon ; mais les enfants des pauvres, on le sait, doivent apprendre très vite, à sentir les duretés de la vie.

Tout de suite, sœur Ginévra s'offrit à l'aider pour coudre cette petite layette. Sœur Agnèse lui dit alors qu'elle l'aiderait aussi ; sœur Léonora ne voulut rien entendre.

L'hiver venu, chacune d'elles se renferma dans une petite chambre, choisie parmi les nombreuses pièces qui ouvraient leurs portes sur le long corridor. Les fenêtres donnaient sur le jardin et, par dessus le mur d'enceinte, on découvrait l'azur foncé de la mer qui se mêlait à l'azur léger et subtil du ciel. Mais maintenant le ciel et la mer perdaient souvent leurs teintes diverses d'azur ; ils se mêlaient convulsionnés en sombres brumes, et dans le silence ténébreux de la villa solitaire, pendant des journées et des journées, se faisait entendre sur les vitres des fenêtres le crépitement de la pluie !

Sœur Agnèse cousait et s'efforçait de ne pas s'attendrir à la vue de ces petites chemises, de ces petits bonnets, et de ces bavoirs en pensant au poupon qui devait naître d'elle. Elles étaient pour un autre poupon ces petites chemises, un poupon qui croîtrait ici, et qui pourrait regarder en face son père et sa mère, et jouir du soleil et bénir la vie ! Le sien lui serait ravi tout nu, se perdrait dans la multitude des enfants nés sans nom, et peut-être ne le verrait-elle même pas !

Elle ne devait pas s'en attendrir ; elle ne le devait pas ; là était justement le martyre : avoir reçu et fait mûrir dans un corps offert à Dieu ce fruit infâme ! Mais elle le portait dans son sein, Oh ! Dieu ! Elle le nourrissait de sa substance, Oh ! Dieu ! Oh ! Dieu ! Et elle ne pourrait, elle ne devrait rien faire pour lui ? Rien pour le racheter de l'infamie où il naîtrait. Peut-être son lait, peut-être ses soins eussent été pour lui une rédemption ? Enlevé à elle, élevé dans un hospice, sans amour, sans toit familial, comment grandirait-il, conçu comme il l'avait été dans l'horreur et dans le sang d'un massacre, fruit néfaste d'un sacrilège ?

Mais sûrement que Dieu dans sa miséricorde infinie donnerait que son martyre à elle soit utile à celui qui allait naître ; les larmes qu'elle versait aujourd'hui, dans la honte et le supplice, suffiraient à le laver pour toujours de sa tache originelle, de ce sang obscène qui était le sien. Ainsi son martyre n'aurait pas été inutile !

Et vraiment sœur Agnèse se remettant à coudre pensait que, non sur l'enfant qui devait naître, mais à cause de la honte et du supplice qu'elle endurait, ses yeux devaient verser autant de larmes que sœur Léonora.

Sœur Ginévra, au contraire, penchant la tête d'un côté en élevant avec ses mains de cire, en face de la lumière de la fenêtre, la petite chemise qu'elle cousait en ce moment, la regardait et souriait !...

Chacune maintenant descendait seule dans la petite chapelle pour y prier ; elles prenaient leurs repas dans leur chambrette, et lorsqu'elles étaient fatiguées de coudre et de prier, elles se mettaient à la fenêtre pour regarder le jardin désert, la mer et le ciel.

Le printemps arriva, et un beau matin, Rosaria entra avec le soleil dans la vieille villa, Rosaria riante, diminuée, portant haut un gros poupon rouge entre ses rudes mains, et criant dans le corridor :

— Le voilà ! Il est fait ! Il est fait !

Elle entra tout d'abord dans la cellule de sœur Agnèse qui ouvrit à peine ses lèvres à un sourire d'une tristesse infinie, en contemplant le bébé avec ses yeux rouges de larmes, et en portant ses mains blanches sur son sein comme pour se défendre.

— Courage, courage, ma sœur. Cela se fait très vite, vous savez ? Vous verrez que cela se fait très vite ! Voyez comme il est beau ! Il a les yeux de son père… et regardez, voyez avec quelle quantité de cheveux, il m'est né !

Elle courut ensuite chez sœur Ginévra et sans autre cérémonie posa le petit sur ses genoux.

— Pour vous ! Le voilà, vous le voyez !

Il est lourd !… non ? il est lourd !

Il a le petit bonnet que vous lui avez fait… et aussi la petite chemise. Vous voyez ?

Sœur Ginévra essaya de poser ses lèvres sur la poitrine rose du bébé que la mère avait découvert, puis de ses mains, elle souleva le doux fardeau, et avec une curiosité mêlée de douleur, elle regardait les mouvements des paupières que faisait le nouveau-né pour habituer ses yeux à supporter la lumière.

— Le voilà ! – Dans peu, un petit être semblable naîtrait d'elle !… Elle ne savait ni pourquoi ni comment… un petit être semblable !…

Rosaria le lui prit pour le faire voir à sœur Léonora ; mais celle-ci détournant la face, la repoussa et cria avec fureur qu'elle ne voulait pas le voir :

— Allez-vous en ! Allez-vous en ! Allez-vous en !

Elle avait enlevé son habit ; elle ne descendait plus prier. Elle passait la journée entière assise sur son lit, inerte, les dents serrées et les yeux attachés au sol dans une dure et cruelle fixité. Le soir, ses deux compagnes l'apercevaient, de la porte de leur chambre, allant et venant d'un bout à l'autre du couloir éclairé par les rayons de la lune : tassée, énorme, la tête masculine, et pieds nus…

Elle divaguait.

Et le bruit sourd de ses pas dans la sonorité du long corridor effrayait sœur Ginévra.

Cette peur devint de l'effroi, lorsque pendant l'une des nuits suivantes, réveillée en sursaut, elle entendit des cris déchirants, des hurlements de bête blessée ! Elle voulut accourir, mais elle fut arrêtée sur la porte par la converse qui lui apprit que ce n'était pas sœur Léonora qui hurlait, mais l'autre, l'autre, sœur Agnèse.

— C'est son heure, elle se délivre en ce moment, pauvre petite !...

Et sœur Ginévra atterrée, demeura, le dos contre sa porte à écouter ces hurlements qui n'avaient rien d'humain, et qui, partant de sa compagne silencieuse, lui représentaient comme épouvantablement terrible le mystère qui s'accomplissait là-bas. Elle hurlerait bientôt comme cela, elle aussi !... Comment ferait-elle, petite et mince qu'elle était, pour résister aux douleurs qui arrachaient de tels hurlements ?

Et des hurlements, d'autres hurlements, des hurlements encore, peu après l'aube, plus sauvages, plus longs, parmi un grand désarroi dans le couloir ! Gelée, pétrifiée, à genoux devant son petit lit, le rosaire à la main, sœur Ginévra écoutait et tremblait toute, sans oser se lever et frapper à la porte que la converse avait fermée à clef.

Elle sut dans l'après-midi que ses deux compagnes étaient délivrées et que maintenant, elles reposaient tranquilles. Une question angoissante effleura ses lèvres qui, tout de suite, s'évanouit dans le silence lugubre de la maison : On n'entendait aucun petit vagissement ?... La converse ouvrit les mains et secoua tristement la tête, les yeux fermés.

Mais au contraire, d'un arbre du jardin dans la gaîté sereine de cet après-midi de printemps, un gazouillis monta......

*
* *

Trois jours plus tard, au début de la soirée vint le tour de sœur Ginévra. Il appartint alors aux deux autres, désormais informées, de trembler aux cris désespérés de leur petite compagne, cris qui arrachaient d'autres cris de pitié et de révolte comme au spectacle d'un attentat atroce et sans pitié contre un être timide et désarmé, qui aurait en vain accepté sa défaite.

Tout à coup dans la nuit, les cris se turent. Et ce fut pendant quelques minutes éternelles, un silence terrible ; puis on entendit dans le couloir une course précipitée parmi des gémissements, parmi des murmures de voix étouffés, parmi des souffles pénibles, là dans la cellule de sœur Ginévra. Ses deux compagnes ne purent résister plus longtemps à l'angoisse qui les étouffait. Elles descendirent de leur lit, se jetèrent sur le dos les premiers vêtements qui leur tombèrent sous la main, et toutes vacillantes, se dirigèrent vers la petite cellule.

Personne ne dit mot, la vieille converse disposait sur le lit les membres de la morte qui, dans son pâle visage mince, avait gardé à demi ouverts ses doux yeux d'azur.

Et dans cette pâleur, il semblait que la petite morte sourît de s'être ainsi délivrée.

Prise tout à coup d'une crise de sanglots, sœur Agnèse se jeta à genoux au pied du lit. Mais sœur Léonora parcourant obliquement la pièce de farouches regards de folle, découvrit dans un angle un mouvement convulsif au milieu d'un drap ensanglanté en tas par terre. Avec un élan de bête sauvage, elle bondit dans cet angle, enleva de terre une petite créature rougeâtre qui émit un gémissement rauque, et s'enfuit dans sa cellule ; elle s'y enferma et avec une joie sauvage, elle offrit son sein gros à éclater à ce petit être.

La mère supérieure, accourue quelques heures plus tard de la ville, dut parlementer longtemps pour la persuader de rouvrir sa porte. Elle semblait folle, elle tenait cette petite créature serrée sur sa poitrine et criait :

— Je la prends ! Je la prends, moi ! Oh ! donnez-moi la mienne ! Je ne veux plus de l'habit ; j'envoie l'habit au diable ! Dieu a trop exigé de moi, trop exigé ! trop exigé !...

Lentement, doucement, la supérieure trouva moyen de faire tourner en larmes ce farouche accès de démence, et l'on emporta la petite fille.

Peu après, les deux survivantes pleuraient et priaient aux deux côtés du lit de la petite morte, qui sûrement avait rouvert en paradis ses doux yeux de ciel !

BONHEUR

La vieille maman duchesse sortit presque ahurie de la pièce où son mari s'était séquestré depuis le jour où sa belle-fille emmenant ses deux petits fils avait abandonné le palais et la ville pour retourner chez ses parents de Nicosia.

Comme si la pauvre duchesse se sentît déchirée à l'intérieur, son visage se contracta, et elle se replia toute sur elle-même au grincement lamentable de la porte qu'elle aurait voulu fermer tout doucement. Qu'avait été ce grincement ? Rien. Peut-être le duc n'y avait même pas pris garde. Et cependant la vieille duchesse en demeura un moment vibrante et anxieuse, en proie à un sourd dépit, comme si cette porte, traitée par clle avec tant de délicatesse, eût voulu lui causer une cruelle offense.

Ainsi que les âmes, tous les objets de cette maison imprégnés par tant de souvenirs familiaux semblaient depuis quelque temps dans une tension spasmodique si violente, qu'à les toucher à peine, à peine, ils poussaient un gémissement !

Elle resta quelque peu aux écoutes, la vieille maman duchesse, puis, avec son visage de cire, son visage défait, le cou incliné comme sous un joug, elle se dirigea sur des tapis moelleux à travers de nombreuses pièces obscures ; et dans ces pièces, parmi les tentures anciennes et les grands meubles sombres et presque funèbres, régnait une atmosphère étrange qui semblait comme un air accablant du passé.

Enfin elle arriva sur le seuil de la chambre écartée dans laquelle sa fille, Élisabetta, l'attendait avec une agitation angoissée.

Devant l'expression de sa mère, Élisabetta se sentit mourir ; l'élan avec lequel pendant son attente, elle aurait voulu courir à sa rencontre, lui fit défaut tout à coup ; et soudain tous ses membres lui manquèrent à tel point qu'elle ne put même pas soulever ses mains graciles pour se cacher le visage.

Mais la vieille maman s'approcha d'elle, et posant légèrement une main sur son épaule :

— Ma fille, lui annonça-t-elle, il a dit oui !

La jeune fille eut un tressaillement et avec sa figure décomposée regarda sa mère. Le contraste entre la joie que lui causait cette nouvelle et l'accablement que produisait en elle l'air éperdu, l'air plein de douleur de sa mère était si grand, que la pauvre petite se tordant les mains cria secouée entre le rire et les larmes :

— Oui ? Oui ? Mais comment ? oui ?

— Oui, répéta la maman avec un geste plus qu'avec la voix.

— Il a crié ? Il s'est mis en fureur ?

— Non, pas du tout.

— Alors ?

Mais elle comprit soudain que c'était justement parce que le père avait dit oui, sans crier ni se mettre en fureur, que sa mère était ainsi oppressée de douloureuse angoisse.

Elle avait fait demander à son père qu'il voulût bien condescendre à son mariage avec le précepteur des deux enfants de sa belle-fille partie peu auparavant.

Mais la condescendance du père, qui s'était manifestée sans cris ni fureur, avait pour elle une signification bien différente de celle qu'elle avait pour sa mère. Bien différente, mais non moins triste ! Peut-être parce qu'elle était femme et née la seconde, peut-être parce qu'elle n'était pas belle : pâle et d'aspect chétif, si timide en apparence, humble de cœur et de manières, réservée et taciturne, elle n'avait jamais été comptée par lui comme une fille, mais plutôt comme un embarras dans la maison ; et il suffisait qu'on la regardât pour qu'il en ressentît de l'ennui !

Elle ne pensait donc pas qu'il s'irritât ou se gâtât le sang une seconde, parce qu'elle voulait épouser un domestique, un petit précepteur de rien du tout, un petit maître d'école élémentaire ! Peut-être pour lui n'était-elle pas digne d'une autre union !...

La mère au contraire qui, poussée par son amour pour sa fille, s'était présentée devant son mari avec tant de terreur, pour lui présenter cette requête ; devant son mari dont elle connaissait bien l'orgueil, d'autant plus fanatique et emporté qu'étaient devenues plus étroites de jour en jour les conditions financières de la famille ; de son mari qui prenait des colères furibondes lorsque quelqu'acte de gens du commun pouvait lui paraître un attentat contre ses privilèges nobiliaires ; la mère pensait que puisqu'il dérogeait ainsi à soi-même, à ses sentiments les plus profonds, c'est que devait être commencée une désorganisation complète de ses facultés après le coup que lui avait porté son fils. Son fils, l'unique héritier de son nom avait été englué par une mauvaise femme de théâtre, et avait fui avec elle, un an auparavant...

Don Gaspari Grisanti, duc di Rosabia, marquis di Collemagno, baron di Fontana et di Gibella, attaché pour la vie au défunt gouvernement des Deux Siciles, « clef d'or » de la cour de Naples, et encore honoré d'une correspondance épistolaire avec les derniers survivants de la dynastie déchue ; celui qui trônait chaque jour via Maqueda à l'heure de la promenade du haut de son antique Carrosse avec deux laquais en perruque derrière, immobiles comme des statues, et un troisième laquais à côté du gigantesque cocher ; ne saluant jamais personne, droit, sombre, méprisant, se dirigeant vers le parc solitaire de la Favorite ; celui-là consentait à ce que sa fille épousât un monsieur Fabriz*io* Pingiterra, maître élémentaire et maître de gymnastique, ancien précepteur de ses petits fils ? Mais voyons !... Il avait espéré rétablir la fortune de sa maison par le mariage du jeune duc avec une richissime héritière fille d'un baron de province. Ce misérable s'était embourbé dans un amour si bas, qui lui attira tant de honte, qu'il dut se sauver ; la belle-fille, sourde à toutes les prières avait obtenu du tribunal la séparation de corps et de biens contre son mari, et était retournée dans sa province. Tout était consommé ! Seulement, au prix de tous les sacrifices, il voulait conserver ce carrosse pompeux avec les trois valets à perruque pour sa quotidienne apparition en public ; et en bas, au rez-de-chaussée du palais, le suisse avec sa canne, bien que depuis un mois, c'est à dire depuis le jour où sa belle-fille était partie, le portail du grand escalier fût clos pour ne plus laisser passer personne.

— Tu n'es pas morte, toi ? avait-il demandé à sa femme ? Moi non plus, avait-il ajouté. Eux sont dans la fange ; et nous, nous suivons comme des morts notre mascarade !

Élisabetta se ressaisit et demanda à sa mère :

— Qu'a-t-il dit ?

La mère voulait atténuer en quelque façon, les accords, les conditions imposés par le père avec un si calme et si froid mépris qu'il n'admettait aucun tempérament ; mais sa fille la pria de parler sans ambages...

Eh ! bien... tu sais que depuis quelque temps, il ne veut plus voir personne...

— Donc, il ne veut pas le voir !

— Et puis ?

— Et puis, le grand escalier est fermé... depuis que ta belle-sœur... Il veut qu'il continue à monter par l'escalier de service.

— Et puis ?

La mère hésitait plus que jamais. Elle ne savait comment dire à sa fille qu'après le mariage, elle ne devrait jamais plus mettre les pieds, même seule, dans le palais.

— Pour nous... pour nous voir... balbutia-t-elle, quand... oui... ensuite... quand tu seras mariée, je viendrai, moi, chaque jour chez toi.

Élisabetta prit la main de sa mère, la baisa, la baigna de larmes en gémissant :

— Pauvre maman !... pauvre maman !...

— Tu sais, reprit celle-ci, il m'a... il m'a presque fait rire... Tu sais combien il tient à son carrosse... Eh ! bien celui-là non, a-t-il dit ; celui-là, non !... celui-là, non !...

Et comme si c'était vraiment une chose risible, la vieille maman duchesse se mit à rire, à rire, et à feindre que ces saccades de rires l'empêchassent de dire à sa fille cette condition qui réellement n'était que ridicule !

Il veut que je prenne une voiture en location... pour aller chez toi !... Il permet cependant que nous allions ensemble à la promenade, avec cette voiture là, avec l'autre, non ! Et celle-là, celle-là !...

— Combien donnera-t-il ? demanda Élisabetta.

La maman feignit encore de ne pas comprendre, ou plutôt de n'avoir pas bien entendu pour prendre le temps de préparer cette réponse qui était la plus angoissante...

— De quoi ? dit-elle.

— De dot, maman.

Là était le point délicat. Elle ne se faisait pas la moindre illusion, Élisabetta. Elle savait qu'il ne l'épousait pas pour autre chose.

Elle avait sept ans de plus que lui, et elle reconnaissait que, déjà flétrie, pire que cela, desséchée sans avoir jamais été en fleur, dans les froids silences, dans l'ombre pesante, et morne de cette maison oppressée par tant de choses mortes, elle n'avait rien en elle qui put susciter et allumer le désir d'un homme !

Sans argent, l'ambition de devenir — même seulement de nom, le gendre du duc de Rosabia, n'aurait pas suffi à la lui faire accepter. Il le lui avait laissé entendre clairement, prévoyant peut-être que le Duc ne s'abaisserait jamais à le considérer et à le traiter comme un gendre ; oh ! il avait même été jusqu'à avoir l'audace de confesser que lui, Fabrizio Pingiterra, était absolument comme le petit Duc, dont il possédait l'amitié, qu'il était de sentiments démocratiques et libéraux, et qu'il faisait presque, oui, presque un sacrifice en s'apparentant avec un patricien d'idées aussi notoirement rétrogrades ; mais qu'il le faisait volontiers pour elle, uniquement pour elle, si douce et si bonne. C'est à dire uniquement pour l'argent, avait-elle traduit en son for intérieur, sans dégoût, ni regrets !...

Non, non ; ni dégoût, ni regret ! Tenir haute, très haute — cela, oui – jalousement renfermée et cachée au sommet de son esprit la noblesse et la pureté de ses sentiments et de ses pensées, pour qu'ils ne se souillent en rien à un contact indigne ; mais s'abaisser jusqu'à lui, laisser suspecter, à son endroit à elle, les choses les plus viles, s'humilier, faire des concessions, s'abandonner, cela, non, cela elle ne devait pas le faire ; ni dégoût, ni regret, parce que cela était nécessaire, inévitable, pour arriver à son but : elle voulait vivre, vivre, vivre : c'est à dire qu'elle voulait être mère ; elle voulait un fils, à elle, tout entier à elle, exclusivement à elle ; et elle ne pourrait l'avoir autrement.

Cette frénésie lui était née, s'était allumée en donnant avec toute son âme, avec tout son cœur, tous les soins d'une mère, jusqu'au sommeil de ses nuits, à ces deux neveux partis depuis un mois, aux deux enfants de sa belle-sœur qui, en ouvrant les yeux, avaient fait naître l'aube, non seulement dans les ténèbres de ce palais, mais encore dans son âme, elle-même toute enténébrée ; une aube d'une douceur, d'une fraîcheur inexprimable, qui l'avait renouvelée !

Mais quelle fureur, quelle torture de ne pouvoir les faire siens, siens, de son sang et de sa chair, ces petits, à force de les serrer contre soi, et de les embrasser et de les rendre maîtres absolus d'elle... là avec leurs petits pieds roses sur son visage, comme cela, sur son sein, sur son ventre, comme cela...

Pourquoi ne pourrait-elle pas avoir un fils sien, sien, vraiment sien ? Elle serait folle de bonheur ! Elle souffrirait n'importe quelle humiliation, n'importe quelle honte, même le martyre pour la joie d'un fils à elle !

Pouvait-il ne pas s'apercevoir de cela, le jeune précepteur appelé à enseigner les premiers rudiments de l'alphabet à ces deux bambins, là sur les genoux de la petite tante qu'ils ne voulaient pas quitter même pour un seul moment ?

Maintenant, qu'il acceptât ces accords, ces conditions, tout était là. Pas de dot malheureusement : une simple pension journalière de six *lires,* et le paiement du loyer d'une modeste petite maison. Elle sentait que plus ces conditions étaient dures, plus elle paierait cher son bonheur, s'il les acceptait !

Elle attendit avec des spasmes d'anxiété que sa mère, ce soir même, les lui communiquât. Il était chez elle. Pauvre mère sainte, qui sait combien elle devait souffrir en ce moment ! Et elle ? Elle ? Elle se tordait les mains, couvrait ses yeux, se pressait les tempes, serrait les dents, et toute son âme tendue vers lui, elle lui criait : « Accepte ! Accepte ! » Tu ne sais pas tout ce que je pourrai te donner si tu acceptes ! Puis elle tendait l'oreille. S'il n'acceptait pas, la maman apparaîtrait sur le seuil de cette porte comme une ombre, pauvre maman, les bras tombés ! S'il acceptait au contraire,

Ah ! s'il acceptait, elle l'aurait appelée chez elle… Oh ! Dieu, quand ? Quand ? Cela dure encore ?

Elle apparut enfin comme une ombre, la vieille maman à cette porte, et, de nouveau, Élisabetta en la regardant se sentit mourir. Mais comme le matin, elle s'approcha, et, posant l'une de ses mains sur l'épaule de sa fille, elle lui dit qu'il avait accepté ; oui, oui. La condition de monter par le petit escalier de service l'avait mis en fureur. Mais Dieu saint ! puisque le grand escalier était fermé pour tout le monde, et qu'il avait toujours monté par celui-là ! Enfin, il était outré de colère, et pour ne pas lui faire trop de peine avec la vue de son… comment avait-il dit ? Ah oui, de son bouleversement, il était parti pour ne jamais plus, jamais plus remettre les pieds au palais ! Ils se verraient au dehors, chaque jour, pour choisir la maison et pour l'achat des meubles ; il voulait que tout se fît dans le plus bref délai possible !

Mais qui se serait figuré cela ! Tout de suite ? à la volée ! La joie sembla donner des ailes à Élisabetta ; belle, non, elle ne pouvait la rendre belle ; mais que de lumière elle alluma dans ses yeux, de quelle douce et mélancolique fascination elle anima son sourire, quelle timide grâce affectueuse elle mit dans ses manières pour calmer le dépit de cet homme, pour réparer les offenses faites à sa dignité, pour lui marquer sinon vraiment de l'amour, du moins une rémission entière et de la reconnaissance !

La petite maison fut vite trouvée, assez loin du centre, presque à la campagne, rue Cuba, toute parfumée de *Jazare* et de jasmin ; le trousseau riche de broderies, de dentelles et de rubans, était prêt depuis quelque temps déjà ; les meubles simples, presque rustiques, à peine achetés furent mis en place, et le mariage, sans invitations, et sans l'intervention du duc, un mariage presque clandestin, pût être conclu dans le temps le plus strictement nécessaire aux formalités civiles et religieuses.

Malgré cette hâte, aucune épouse plus qu'Élisabetta ne s'engagea avec la conscience de la gravité et de la sainteté de l'acte qu'elle accomplissait. Et avec la joie qui rayonnait de tout son corps transfiguré, elle réussit à lier amoureusement son mari à elle durant quatre mois environ, c'est à dire tant qu'elle eut besoin de lui !... Puis elle s'aveugla dans l'ivresse du premier signe révélateur de sa maternité, et alors elle ne vit plus rien ; rien ne lui importa plus ; s'il sortait, et tardait de rentrer ; s'il ne rentrait pas du tout ; s'il lui manquait de respect et la maltraitait ; s'il emportait avec lui et dépensait, qui sait comment, qui sait où et avec qui ? ce peu de *lires* qui constituait sa pension et que sa maman lui apportait chaque jour. Elle ne voulait se fâcher de rien, ne s'occuper de rien, pour ne pas troubler l'œuvre sainte de la nature qui s'accomplissait en elle, et qui devait s'accomplir dans la joie ; buvant avec son âme la pureté bleue du ciel, l'enchantement de ce cercle de montagnes qui respirait dans l'air, brûlant et palpitant, comme si elles n'eussent pas été de dure pierre, et le soleil qui entrait dans ses petites pièces comme il n'était jamais entré dans les ténébreux salons du palais paternel.

— Mais oui, maman, ne le vois-tu pas ? Je suis heureuse ! heureuse !...

La petite voiture de louage allait presque au pas pour ne pas trop secouer la jeune femme grosse, et tous se retournaient et s'arrêtaient dans la rue pour regarder avec une expression d'attendrissement la vieille duchesse de Rosabia dans cette modeste voiture avec sa fille à côté d'elle, sa fille pauvrement vêtue, déchue ainsi, chassée par son père, mariée en cachette qui sait quand ? Qui sait avec qui ? plus pâle que jamais, déformée par la grossesse, mais toute riante sous les yeux de sa mère pleine de compassion.

Et la duchesse de Rosabia, trompée par cette joie n'aurait jamais soupçonné que ce vil personnage qui était son gendre allait jusqu'au point de laisser sa fille sans manger ; mais un jour ayant fait signe au cocher de faire halte devant la boutique d'un pâtissier pour acheter quelques gâteaux, Élisabetta avait trouvé moyen de lui dire en plaisantant, que si elle pouvait dépenser de l'argent, elle préférerait quelque chose de plus substantiel ; et qu'elle lui montrerait à quel endroit on pouvait lui donner à manger : près de sa petite maison, dans un jardin et dans la cabane d'une vieille paysanne qui avait beaucoup de poules et de pigeons, et qui lui vendait des œufs chaque jour.

Elle avait faim, faim, vraiment faim !

— Mais tu ne manges donc pas à table ? lui demanda la maman voyant bientôt sa fille assise à une table rustique devant la petite cabane dans le jardin de cette paysanne, dévorer, même avec les yeux, un jeune coq rôti !...

Et riante, et sans cesser de manger, Élisabetta lui répondait :

— Mais si ! je mange, beaucoup, beaucoup ! Mais je ne me rassasie jamais ; tu vois ? Je mange pour deux !

Pendant ce temps, la vieille paysanne faisait à la duchesse des signes à la dérobée avec les yeux et la tête, des signes que celle-ci ne comprenait pas...

Elle comprit quelque temps après, quand entrant dans la petite maison de sa fille, elle la trouva envahie par des gens du commissariat de police ; ils y faisaient une perquisition.

Fabrizio Pingiterra, accusé de faux, et affilié à une bande de voleurs, s'était sauvé, on ne savait si c'était en Grèce ou en Amérique !

Dès qu'Élisabetta la vit, elle courut au devant d'elle comme pour la mettre à l'abri, comme pour lui enlever la vue de ce spectacle, et hâtivement elle se mit à lui dire :

— Ce n'est rien, maman, rien ! Ne t'épouvante pas ! Vois, je suis calme ! Même, remercions Dieu, maman, remercions-le. Et elle ajouta tout bas, à l'oreille de la duchesse, et elle vibrait tout entière : de cette façon, il ne le verra pas, il ne le connaîtra pas, comprends-tu ? Et il sera plus à moi, tout à fait à moi, tout à fait mien !...

Malgré tout, l'agitation qu'elle avait eue hâta l'accouchement, non sans danger pour elle, comme pour le nouveau-né. Mais quand elle se vit sauvée ainsi que le petit, quand elle vit cette chair, qui était sienne, palpiter vivante et séparée d'elle, cette chair qui pleurait n'étant plus en elle, qui, aveugle, cherchait son sein et la chaleur qui lui manquait ; quand elle put donner sa mamelle à son bébé, heureuse que dans ce petit corps qui venait de quitter son propre corps, entrât la tiède veine maternelle, si bien que le poupon pût croire être encore dans son sein, il sembla vraiment qu'elle dût devenir folle de joie !

Par exemple, elle ne se rendait pas compte pourquoi sa mère, la sentant si heureuse, la vint voir plus dolente et plus sombre chaque jour. Pourquoi ?

La vieille maman à la fin le lui dit : elle avait espéré que son père, maintenant que sa fille était seule et abandonnée, que son père se serait décidé à l'accueillir de nouveau à la maison : Hé ! bien, non, il refusait...

C'est pour cela ! s'écria Élisabetta ; Oh ! ma pauvre maman, j'en ai de la peine pour toi ; mais crois-le, je pleurerais, si je devais emmener là-bas, dans cette tristesse, sous cette oppression, mon bébé auquel la lumière rit d'une façon si intense ici, et qui y est entouré de tant de joie !

Et au milieu de la simplicité nue et sainte de la petite maison, elle enleva en l'air, au bout de ses bras le poupon vers le soleil qui entrait joyeusement avec la fraîcheur des jardins par les balcons grands ouverts !

SAFRANETTE

Sirio Bruzzi courut tout joyeux dans la chambre de sa mère, agitant la lettre de son cousin, Giorgio Lelli, *Giongo*, suivant le nom dont l'avaient affublé les nègres, lettre qui arrivait à l'instant, et qui était datée, s'il vous plait, de Banana à l'embouchure du Congo.

— Il la ramènera, Maman ! Ah ! *Mami-nouchette,* comme je suis heureux ! Ma Titti ! Ma Titti ! Le cousin Giongo va remonter le fleuve : le steamer est en partance ! Mon pauvre Giongo, mon cher petit *Gionghicello !* Il doit aller, je ne sais plus où... pour quelque diable d'histoire administrative, une de ces histoires trop fréquentes là-bas ! Dans une quarantaine de jours, il sera à Mésania ; il y est peut-être à cette heure ; de là, il court à Mokala, prend ma Titti, et revient, revient, lui aussi, pour toujours !...

Allons, Maman, va annoncer la nouvelle à tante Néna, Dieu sait comme elle va être contente, elle aussi ! Moi, je m'élance chez Nora. En sortant de chez la tante, viens toi aussi chez *Niano* me prendre, n'est-ce pas ? je t'attends.

Il se baissa pour embrasser sa mère et s'enfuit sa lettre à la main.

La pauvre Signora Bruzzi demeura un instant abasourdie comme elle en avait l'habitude à chaque nouvelle frasque de son diable de fils ! Et le sourire heureux provoqué par l'exultation de ce fils s'affaiblit sur ses lèvres et devint triste.

Elle pensa que Norina, la fiancée de Sirio près de laquelle il avait couru pour lui faire lire sa lettre ne pouvait certes exulter dans son cœur comme lui à la nouvelle que cette missive apportait. Elle devait au contraire en éprouver de l'affliction, une affliction d'autant plus forte, qu'elle aurait vu rire et s'exalter plus vive, sa joie à lui ; cette joie n'existait-elle pas au prix d'un sacrifice qu'elle avait consenti ? Oui, Norina s'était résignée, mais ce n'était pas une raison pour que Sirio lui donnât en ce moment le spectacle de cette joie et prétendît qu'elle en prît sa part.

Ah ! terrible fils, vraiment il déraisonnait !...

Mais à parler franc, quand donc avait-il jamais raisonné son Sirio ? De son père, mort jeune et tragiquement en duel, il avait hérité la manie de se jeter dans les plus hasardeuses aventures. Il semblait avoir pour âme un ouragan. Il s'attaquait à tout, mettait tout à l'envers. Quand il ne pouvait rien faire d'autre, il estropiait les noms ; il lançait des phrases qu'il laissait un pied en l'air ; il prononçait des mots vagues, mettant les syllabes sens dessus dessous, leur faisant faire la culbute : Norina, Nora, Niano, Rosina, Elinano !...

La signora Bruzzi ne savait plus elle-même comment elle avait pu l'amener sain et sauf, de l'enfance à la jeunesse. Elle l'avait fait arrêter une première fois, quand, tout jeune, il s'était échappé de la maison pour courir, en Grèce, rejoindre l'expédition garibaldienne ; puis une seconde fois, alors qu'il était déjà en partance pour l'Afrique à la défense des Boers !... Quand il s'était agi du Congo, elle avait dû fermer les yeux et incliner la tête : il était majeur ! Après six années passées dans l'état libre du Congo avec le cousin Lelli, il était revenu méconnaissable, couvert de plaies, en proie à la dysenterie ; et à peine remis sur pied, il voulait y retourner. Et il y serait retourné, en effet : les pleurs, les supplications de sa mère, la pensée que déjà âgée et souffrante du cœur, elle en serait certainement morte, n'auraient pu le retenir, si à Nocera où on l'avait conduit faire une villégiature et prendre les eaux, cette bonne Norina, Norina Rua, avec la fascination de sa grâce et de sa musique, ne lui était venue en aide.

À peine s'était-elle aperçue que cette mademoiselle Rua avait fait brèche dans le cœur de son fils, qu'elle l'avait secondée et s'était mise presque à couver cette passion naissante.

Peu à peu, le terme de la permission approchant, Sirio à se sentir lié par l'amour, se trouva absolument désemparé et tomba dans une sombre mélancolie. Et un soir, elle l'avait vu entrer dans sa chambre, désespéré ; il s'était mis alors à pleurer, à pleurer comme un enfant : il était amoureux et bourrelé de remords d'avoir troublé le cœur de cette chère jeune fille avec de vaines louanges, alors qu'il devait partir, partir absolument...

— Mais pourquoi ?

— Ah ! pourquoi !... Il avait là-bas, dans le secteur de Mokala, dont il était le chef, une petite fille de cinq ans née d'une jeune négresse qui un jour s'était présentée à lui, fugitive d'un village lointain. Elle était restée avec lui environ deux ans, puis elle avait disparu un beau jour, pendant une de ses excursions dans la forêt, en abandonnant la petite.

Hé ! bien, il l'aimait plus que lui-même cette petite créature à lui, cette fleur sauvage de sa vie aventureuse ; aucun autre amour ne pourrait vaincre celui-là, et ses larmes coulaient toujours ! Il lui avait raconté tous les soins, toutes les peines qu'il avait eus pour élever cette petite abandonnée,

qui, durant cinq ans avait rempli la solitude affreuse de sa vie
là-bas ! Il ne pouvait s'en détacher ; il devrait repartir, retourner à elle !... à une seule condition, il pourrait rester,
c'était si son cousin Lelli qui, d'ici à quelques mois, devait,
lui aussi, venir en permission, voulait lui ramener sa Titti et
que Mademoiselle Rua... Mais comment espérer qu'elle vou-
drait l'accepter encore avec cette bambine ?...

Elle avait accepté, la signorina Rua !... Madame Bruzzi
était allée elle-même la supplier, et Norina avait accepté,
bien que sa tante, l'unique parente qu'elle possédât, eût voulu avec de nombreuses et sages considérations la pousser à
bien réfléchir avant de dire oui, à bien réfléchir à la gravité et
aux conséquences de ce sacrifice ! Oui sans doute, c'était
une preuve de bonté et de constance, cette affection qu'il
portait à la petite, l'unique preuve à vrai dire qui pouvait
donner une certaine confiance en lui, car le jeune homme
était honnête, oui certes, mais étourdi, impétueux, exces-
sif !...

Ah ! quels coups de griffe aurait voulu allonger
Mme Bruzzi sur la face parcheminée de cette vieille momie à
lunettes, coups d'autant plus prolongés et acérés que dans
son cœur, elle reconnaissait très sages ces considérations et
ces conseils !...

Mais heureusement Norina était sérieusement amou-
reuse !...

Certain désormais que la petite arriverait bientôt avec
son cousin, Sirio voulut hâter les noces. Et la tumultueuse
impatience qu'il montra de faire Norina sienne, cette impatience qui avait été réfrénée jusqu'alors par la crainte que
son cousin ne rencontrât quelques difficultés dans
l'exécution de son projet, cette impatience, dis-je, se déchaî-

na suivant ses habitudes avec une si véhémente furie, que Mlle Rua, heureuse cependant de se sentir entraînée par elle, comme par un tourbillon, ne put s'empêcher d'en ressentir quelque frayeur !

Il se proposait de se consacrer à l'agriculture.

Comme Menotti Garibaldi, il se promettait de louer une ferme dans la campagne romaine et de la bonifier.

Là-bas, dans son secteur, à Mokala, il avait bien appris à conduire les nègres ; ici, au lieu de nègres, il aurait à faire marcher des gens de la Sabine, peut-être non moins sauvages que ces cultivateurs de caoutchouc ! Il attendait que tombât un peu le premier emportement de l'amour, et il attendait aussi une autre chose avec une impatience que sa mère eût voulu voir au moins un peu dissimulée !

— Quand arrivera-t-elle ? Quand arrivera-t-elle ?

Et il haletait, et il courait prendre par le nez la Tante à lunettes, ou embrasser si furieusement, si nerveusement sa mère, qu'elle en suffoquait ; ou encore il serrait les bras de sa petite femme tout en criant frénétiquement à mesure qu'il la serrait de plus en plus fort, en la soulevant de terre :

Niano, Niano, Niano, visage de nacre de perles, bijou d'écailles, pampre de vigne !... Et Norina gémissait :

« Non !... Aïe !... méchant !... Regarde mes bleus !... »

— Hé ! cela n'est rien, continuait-il !

Tu verras ! Tu piocheras ; je piocherai ! gens de la Sabine écoutez le ban : Sirio Bruzzi, *bungiu* congolais transformateur de la campagne romaine !... Roi d'un monde tranquille d'une lande sans fin, à un peuple fécond je veux donner la vie !… Tu chanteras sur ton luth, et moi, je dormirai des sommeils placides ! Et il se mettait à dormir sur le canapé. Norina n'était pas encore arrivée à lui faire raconter ses faits et gestes coloniaux, à avoir quelques descriptions des lieux où il avait vécu. Au plus beau moment du récit, pendant qu'il décrivait le grand fleuve sauvage ou la vie des villages parmi les palmes et les bananiers, ou la course des pirogues sur les rapides, ou la traversée des marécages dans la forêt infinie, ou la chasse à l'éléphant et au léopard, lorsqu'enfin il la voyait très attentive à l'écouter, il commençait tout tranquillement, tout doucement, le visage fermé, et sans changer de ton à enfiler des phrases incohérentes…

… Et alors là, comprends-tu ? sur tout ce fatras de feuilles, parmi l'enchevêtrement des lianes, qu'y a-t-il ? Que n'y a-t-il pas ? Un petit, un tout petit point marqué d'une croix par les lignes d'un dessin acrobatique à flocons d'azur et à houppes noires !…

Norina se révoltait, se mettait en rage, mais ce n'était pas le moyen de le ramener au récit si cruellement interrompu…

Norina se trouvait déjà grosse d'un mois quand finalement le cousin Lelli – Giongo, comme le nommait toujours Sirio Bruzzi – arriva avec la petite Congolaise.

Norina l'avait déjà remarqué, Sirio plaisantait sur tout, estropiait tous les noms, excepté celui de sa fillette sur laquelle il ne raillait jamais : Titti était toujours Titti ; et chaque fois qu'il parlait d'elle, ses yeux, humides d'émotion, riaient. Elle avait pu comprendre aussi combien il l'aimait par les explications qu'il lui avait données sur le langage de l'enfant. Titti comprenait l'italien, et le susurrait même ; mais elle parlait mieux le congolais qui, d'après ses dires était un langage d'enfant...

Elle se rendit compte, elle vit l'énorme folie de son acceptation dès le premier moment, lorsque Sirio courut à la gare recevoir la petite, et entra dans sa chambre les bras et les jambes de ce petit monstre enlacés à son cou et à sa poitrine » Elle ne vit tout d'abord que ces bras et ces jambes couleur de safran, et les épais cheveux bouclés, assez longs, bouffants et presque métalliques. Quand à la fin, il réussit à la détacher, à la désenlacer de lui en se servant pour lui parler de l'étrange langage enfantin de son pays, et qu'elle, Norina, put voir son visage couleur de safran, lui aussi, avec le casque de cheveux d'ébène qui le surmontait, avec le front ovale protubérant, les grands yeux profonds et sauvages aux regards rapides et un peu égarés, le nez mince nullement écaché, mais très petit, et les grosses lèvres non pas gonflées mais un peu livides, elle se sentit glacée ; elle sentit qu'elle mourait. Et son visage prit sans qu'elle s'en rendit compte une expression de douleur et d'effroi !

— Chérie !... pauvre petite !... elle ne put pas dire autre chose ; ses bras se serrèrent contre sa poitrine, ses mains se levèrent et se contractèrent, peut-être par la crainte qu'il ne l'approchât d'elle et ne la lui fit embrasser.

— La voilà ! La voilà, ma Titti ! s'écriait-il pendant ce temps, des larmes dans les yeux ! Elle te semble laide, n'est-il pas vrai ? Et à toi aussi, maman ? Mais elle n'est pas laide, elle n'est pas laide, ma Titti ! Vous le verrez par la suite... vous vous y habituerez... Voyons, il n'est vraiment pas laid ce petit nez ; ces grosses lèvres-là ne sont pas laides avec ces petites dents... Mais oui, mais oui, parce que *Baba* était blanc, ma Titti, si ta maman était noire ! Ma Titti, ma Titti !

Allons, allons, fais entendre ta petite voix, ma chérie ! Dis qui je suis, moi ! Dis, dis, dis qui je suis ? Réponds !

La petite au milieu de la pièce, éperdue, et différente d'une façon si criante de tout ce qui l'entourait, en tout semblable à une étrange poupée de cire coloriée, répondit d'une façon toute machinale avec une voix qui ne semblait pas lui appartenir :

— Mien !

Le père se précipita sur elle et la serra furieusement sur sa poitrine, la bouche contre sa bouche comme s'il voulait la boire, avide d'amour après tant de mois d'attente...

— Non, non, reprit-il ensuite – dis, comme tu sais dire, chérie ; comment dis-tu *mien ;* toi ? Réponds ? dis qui je suis ?

La fillette alors avec sa voix à elle, très douce et un sourire indéfinissable répondit en tendant les bras :

— « Ti m'bi ».

Il s'en saisit alors follement, et s'enfuit dans une autre pièce, suivi par le cousin Lelli.

Nora, la signora Bruzzi, la Tante restèrent un instant silencieuses, oppressées de stupeur.

Puis la première cacha son visage dans ses mains en frissonnant. Ah ! la façon dont cette petite avait dit : *mien* dans son étrange langage excluait absolument qu'il pût appartenir à d'autres, tout au moins dans la même mesure.

La mère se leva, s'approcha de sa belle-fille et sans rien dire s'inclina pour lui baiser les cheveux en appuyant sa tête contre son flanc. La tante, les yeux fixes derrières ses lunettes soupira :

— Ne vous l'avais-je pas dit ?...

*

* *

Non ce n'était pas de la jalousie, un autre sentiment vivait dans Nora, un sentiment cruel, rongeur indéfinissable, et qui retournait son cœur dans sa poitrine : rage froide, envie, colère, dégoût et pitié tout ensemble, de voir déjà père, sous ses yeux, celui qui devait lui appartenir tout entier ; celui dont elle devait être la seule pensée, alors qu'elle vivait encore sa lune de miel ! Et le voici là : père en dehors d'elle de ce petit monstre exotique, de cette guenuche ! Et père sans aucune pensée pour cet autre enfant qui commençait à vivre déjà dans son sein à elle ; un autre enfant pour lui, mais non pour elle ; pour elle le seul, le véritable enfant !

Et cela, cela, Norina ne pouvait le supporter que son enfant, demain, dût être pour lui un autre enfant, à côté de cette poupée couleur de cuivre ; et que, en dehors d'elle qui était sa femme, de mille et mille lieues de distance, d'un monde différent qu'elle ne savait même pas s'imaginer mais qui devait être plein d'une fascination ardente et grandiose, fût venu à lui, renfermé dans cette écorce sauvage, le sentiment de la paternité dont il lui donnait le spectacle !...

Et en outre, ce qu'il y avait d'étrange, de ridicule par le mélange des sangs, dans cette paternité de son mari, lui causait de la honte.

Il semblait ne pas s'en apercevoir ; peut-être ne s'en apercevait-il véritablement pas, parce que, autour de sa bambine, il voyait tout ce monde de là-bas qui vivait encore

– 43 –

en lui, et se personnifiait en elle, et il n'en sentait pas l'étrangeté qui sautait aux yeux des autres. Il se parait même de sa fille, et tout heureux, l'emmenait à la promenade avec lui.

Tout le monde se retournait pourtant dans les rues sur son passage, et les gamins le suivaient ; au café, ses amis n'avaient pas manqué de lui demander :

— Et ta femme qu'en dit-elle ?

Et certainement, il avait dû leur laisser voir que ce qu'elle pouvait en dire lui importait peu, en effet !...

Cette enfant faisait naître chez tous et surtout chez les gens de la maison un sentiment qui avait quelque chose d'oppressif, et il semblait que la pauvre petite s'en aperçût et en souffrît.

Dans ses grands yeux étonnés, non plus fiers maintenant, mais profondément tristes et presque recouverts d'un voile fuligineux, se montrait un égarement plein d'angoisse. Elle tenait ses lèvres closes, ses petites mains étaient contractées ; au moindre bruit, à chaque sensation, elle tressautait, et rien en elle ne pouvait les expliquer et les tranquilliser. Cette petite âme sauvage devait être envahie par l'effroi !

Lorsque Sirio s'absentait, Norina s'arrêtait à la contempler, et en l'examinant ainsi avec attention, elle s'apercevait que vraiment *Safranette* – la Tante et la femme de chambre l'avaient baptisée ainsi – que vraiment Safranette n'était pas si laide que cela ; seule la couleur, cette couleur cuivrée, causait de l'effarement.

Et Safranette, immobile, assise sur sa petite chaise de bambou se laissait considérer tandis que ses paupières battaient péniblement sur ses grands yeux sombres ; Ah ! ce battement de paupières ce mouvement banal affectif, actuel, quelle impression il causait dans ce petit être qui semblait irréel, bizarre, lointain !

La signora Bruzzi s'offrit à persuader Sirio d'installer la petite chez elle, mais Norina n'y consentit point ; elle était certaine, en effet, qu'alors son mari passerait toutes ses journées, là-bas, dans la maison de sa mère...

Il s'aperçut bientôt que la petite dépérissait, dépérissait de plus en plus, de jour en jour, et il ne savait plus se séparer d'elle un moment. Il ne s'occupait plus des négociations entamées en vue de la propriété qu'il voulait louer ; et il demeurait le jour presque tout entier enfermé avec l'enfant et son cousin Lelli, dans son cabinet de travail, au milieu des étranges souvenirs rapportés de là-bas, à causer, à causer sans fin !...

Dès qu'elle entrait, les deux cousins coupaient la conversation, et, à la manière dont son mari se retournait pour la regarder, Norina comprenait que non seulement sa présence ne lui était pas agréable, mais qu'elle le contrariait même...

Elle le surprenait souvent assis par terre les yeux rouges de pleurs, sa fille endormie sur ses genoux.

— Que fait-il ? Est-il malade ? demandait-elle alors non à lui, mais au cousin Lelli qui levait les yeux sur elle comme pour s'excuser.

— *Elle* est malade ! *Elle* est malade, lui répondait Sirio avec colère, presque avec rancune.

Puis changeant de voix et s'inclinant sur la fillette, il lui demandait :

— Que te sens-tu, ma Titti ? Dis à *Baba,* dis le à Baba, ce que tu te sens ?

La petite ouvrait à peine les yeux et répondait :

— *Kubela'*...

— « Malade » traduisait à demi-voix le cousin Lelli à Nora.

— « Kubela ti nie ? Se hâtait de demander Sirio à la fillette.

Celle-ci alors refermait les yeux et soulevant à peine une de ses petites mains sur laquelle était tombée une grosse larme de son père, soupirait :

— M'bi ingalo, pepé...

— Que dit-elle ? demandait Norina.

— Elle dit, répondait Lelli qu'elle ne sait pas ce qui la rend malade.

Mais il le savait lui, lui, Sirio, de quoi était malade sa petite : elle était malade du même mal que lui : elle était malade de Mokala, de la vie de là-bas qui lui manquait ; de la forêt, du fleuve, de l'immense solitude, du soleil de l'Afrique !... Elle était malade !

— Ah ! en route, en route, en route !...

— Écoute... à une seule condition nous continuerons à vivre ensemble, dit-il un jour à Nora tout chaviré, tout frémissant, presque en démence, à la condition que tu viennes là-bas avec moi !... que tu me suives !... sinon je te laisse ! Je ne puis pas me la voir mourir ainsi !... Elle meurt ! Ma Titti meurt ! Par pitié, ma Nora, par pitié !

— Moi, avec toi là-bas ? mais tu es fou ! lui cria Norina.

— Fou, oui, fou, si tu veux ! reprit-il. J'ai été fou ; je serai fou, et je t'en demande pardon, mais...

— Pour celle-là ? Pour celle-là ? lança Nora enflammée de colère et de dédain. Tu veux me sacrifier et sacrifier mon enfant pour celle-là ?...

— Non, non, interrompit-il, tu as raison. Mais moi, moi, comment faire ? Tu comprends que je ne puis pas la voir mourir ainsi ? Que je ne puisse plus demeurer ici non plus, moi ? Je deviens fou ! Je deviens fou ! Je meurs, avec elle, moi aussi ! Par pitié, laisse-moi partir... Quand je serai loin peut-être reviendrai-je ; certainement je reviendrai, parce qu'alors tu seras la plus forte... Mais maintenant, laisse-moi partir avec ma Titti pour qu'elle ne meure pas ici !... Elle mourra pendant le voyage, j'en suis certain ! Mais du moins, je pourrai me consoler en pensant que j'ai voulu faire tout pour elle, et que pour elle, j'en suis venu jusqu'à te laisser ici, toi, en l'état où tu te trouves ! Laisse-moi partir par pitié, No-rina ; dis-moi oui ! Dis-moi, oui !

Nora comprit que, pour son cœur, il serait désormais inutile de lui dire non, même s'il avait dû rester.

— Pars ! lui dit-elle.

Deux jours plus tard, Sirio Bruzzi partait pour le Congo avec le cousin Lelli, emmenant la petite malade...

Et il ne revint jamais !...